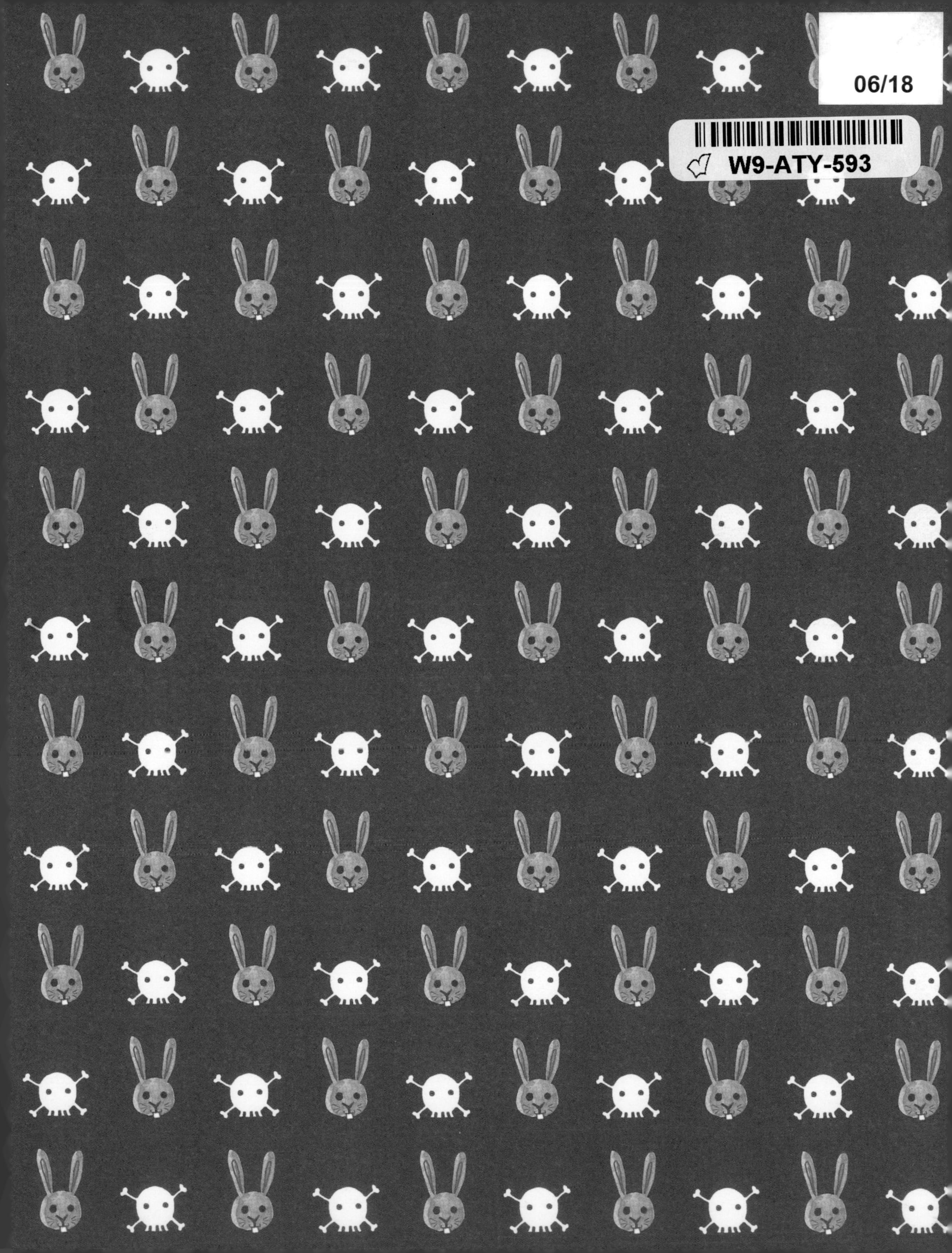

EL PEQUEÑO SAÚL

escrito e ilustrado por

Ashley Spires

TakaTuka

Al Pequeño Saúl le encantaba el mar.
Le fascinaban la calma, el azul infinito
y la inmensidad de los océanos.

Estaba hecho para el agua.
Desde niño soñaba con
vivir en el mar.

En cuanto se hizo mayor
intentó hacerse marinero,
pero en la Marina
no lo aceptaron.

Afortunadamente, los piratas no son tan maniáticos
y el Pequeño Saúl pudo enrolarse en la Escuela de Piratas.

El Pequeño Saúl no era
pirata por vocación.
Ser tosco y hacerse
el duro no iba con él.

Era bueno en «Introducción
al fregado de la cubierta»,
pero se distraía fácilmente
en «Interpretación del
mapa del tesoro».

«Navegación» se le daba bien, pero le costaba concentrarse en «Pillaje: nociones básicas». Estaba hecho para cantar canciones marineras, no para blandir una espada.

Pese a estos contratiempos, el Pequeño Saúl estaba decidido a sacarse el título. Finalmente, y tras meses de duro trabajo, consiguió el Diploma de Pirata.

Ya
eres
PiratARGH

Ahora el Pequeño Saúl ya
podía recorrer el ancho mar.
Lo único que necesitaba
era unirse a una
tripulación pirata.

Aunque era bajito,
nadie parecía tener
sitio para él...

... hasta que retumbó
un vozarrón desde
el último barco que
quedaba en el puerto:
–¡Ah de allá abajo!
¡Sube a bordo!

¡Por fin el Pequeño
Saúl sería un pirata
de verdad!

Pero el resto de los piratas no tardó en darse cuenta de que el Pequeño Saúl no era exactamente como ellos.

Incluso al capitán empezó a
sorprenderle el nuevo miembro
de la tripulación.

El Pequeño Saúl sabía que,
si quería seguir navegando,
tendría que demostrar
su valía como pirata.

En la escuela había
aprendido que a un
pirata solo le importan
tres cosas:

1.
Su barco

2.
Hacerse el duro

3.
Acumular tesoros

El Pequeño Saúl necesitaba
demostrar que para él
también eran esenciales.

Empezó por el barco. El Pequeño Saúl le dio unos pequeños retoques para que *El Calamar Oxidado* fuese más acogedor.

Lamentablemente, sus esfuerzos
no impresionaron a la tripulación.

Después pensó
en cómo hacerse
el duro.

Como luchar no se le
daba bien, se le ocurrió
hacerse un tatuaje.

Por desgracia, el resultado no intimidó a nadie.

Redecorar el barco y mostrar su fiereza no había funcionado. Solo le quedaba una opción: encontrar un tesoro. Pero no sabía exactamente cómo hacerlo...

El Pequeño Saúl
pensaba en cómo
encontrar el tesoro
mientras fregaba
la cubierta.

Se estrujaba
los sesos en plena
batalla.

Le daba vueltas a
la idea mientras
cocinaba.

Estaba tan
absorto pensando
en el tesoro...

... que ni se dio
cuenta de que el
capitán le echaba
por la borda.

El Calamar Oxidado se alejó, dejando atrás al Pequeño Saúl.

Pronto el moho se extendió
por la cubierta.

A la tripulación le tocó
volver a comer gachas
insípidas y pan roído
por las ratas.

Y los camarotes
apestaban de
nuevo a pies.

Era la vida de pirata de siempre.
La tripulación de *El Calamar Oxidado* debería
haber estado contenta, pero no lo estaba.
Hasta al capitán le costaba habituarse a
las antiguas costumbres piratas.

Y entonces lo comprendieron: el Pequeño Saúl no era un pirata de manual, un pirata como ellos, pero se había esforzado todo lo posible. Él había convertido su barco en un hogar. Como ocurre con los tesoros, el Pequeño Saúl era único.

El Calamar Oxidado viró y, a toda vela, puso rumbo hacia el Pequeño Saúl. La tripulación solo esperaba que no fuera demasiado tarde.

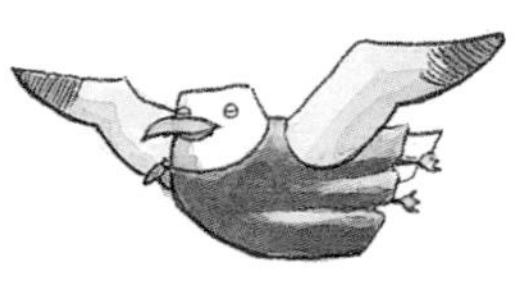

Cuando los piratas se disculparon por haberle echado por la borda, el Pequeño Saúl les perdonó enseguida.

Después de todo, eran piratas. Tirar
a la gente por la borda formaba
parte de su manera de ser.

El Pequeño Saúl estaba encantado de
volver a navegar y sus compañeros
de barco estaban encantados de
tenerle nuevamente a bordo. Por fin se
encontraba en el lugar que el destino
le había reservado: navegando por los
siete mares y haciendo de pirata...
a su manera.

Para Dana, una amiga única en el mundo

Ashley Spires es una autora e ilustradora de libros para niños que ha recibido diversos premios y vive en Saskatoo, Saskatchewan (Canadá). Entre sus libros están *Binky the Space Cat*, *Binky to the Rescue* y *Penguin and the Cupcake*. Es también la ilustradora de *C'mere, Boy!*, *Ella's Umbrellas* y *The Red Shoes*. El Pequeño Saúl es su personaje más autobiográfico hasta el momento. Aunque ella no tiene ninguna prisa por convertirse en pirata (por ahora), Ashley también es pequeñaja y lleva gafas. Además, cuando era niña y jugaba al béisbol se pasaba los partidos recogiendo flores en lugar de mirar la pelota. («Lo siento, entrenador»).

Título original: Small Saul

Publicado con el permiso de Kids Can Press Ltd., Toronto, Ontario, Canadá
Traducción del inglés: Roser Rimbau
Primera edición en castellano: mayo de 2017

www.takatuka.cat
Maquetación: Volta Disseny
Impreso en Novoprint
ISBN: 978-84-16003-88-4
Depósito legal: B 9471-2017

Las ilustraciones de este libro se realizaron con tinta, acuarela, agua, harina, una taza de azúcar y una pizca de vainilla y se hornearon a 180°C.

Para el texto se utilizó tipografía McKracken.